# MÉTHODE

## DE

# LA RÉGLEMENTATION DE L'UNION

## CONJUGALE.

PREMIÈRE PARTIE.

# PRÉSERVATION DE LA GROSSESSE

## DANS LES CAS NÉCESSAIRES

### suivie de

L'Exposé des Précautions à prendre contre la Syphilis.

*Ce que chacun doit apprendre lorsqu'il est pubère*
*et savoir quand il est marié.*

# MÉTHODE

## De la Réglementation de l'union conjugale,

### DEUXIÈME PARTIE,

### FAVORISATION DE LA CONCEPTION ET DE LA GROSSESSE

### DANS LES CAS DIFFICILES, MAIS OPPORTUNS.

— PRIX : 3 FRANCS. —

### TROISIÈME PARTIE,

*Combattre la stérilité, l'impuissance, l'inertie, l'inaptitude.*
*Embryogénésie, formation du sexe de l'Embryon.*
*Loi de la génération.—Prédomination numérique des sexes.*

## PREMIÈRE PARTIE.

## EXPOSITION.

Pour maintenir l'équilibre de la succession des êtres en une chaîne non-interrompue, la nature a mis au cœur de l'homme, au nombre de ses plus précieux instincts : *La conservation de sa personne, la réparation de ses organes, et sa reproduction.*

Pour atteindre à ce dernier but, qu'elle poursuit sans relâche, la nature a beaucoup fait dans tous les règnes.

Le moyen qu'elle a mis en œuvre pour y parvenir, dans le règne animal, c'est la copulation, mot qui signifie : *Union des deux sexes.*

Mais l'homme, après avoir cédé, dans une certaine mesure, dans l'âge adulte, à ce vœu de la nature, se trouve quelquefois obligé de suivre une voie différente ou inverse, et de céder à ce sentiment :

Le besoin de prolonger et sa vie et sa santé, besoin qui, pour lui, est le plus impérieux de tous.

Dans ces circonstances, la reproduction de l'espèce se trouve momentanément sacrifiée à la conservation du sujet.

C'est le chapitre des exceptions.

Ces exceptions, par leur nombre, nous ont paru mériter une attention spéciale. Elles ont été le point de départ de la méthode qui sera exposée plus bas.

C'est la première partie de la *Réglementation de l'union conjugale*, c'est-à-dire la remise de la grossesse à un temps plus ou moins éloigné, ou son exemption entière, selon les cas ou les nécessités qui se produisent.

## RÉGLEMENTATION DANS L'UNION DES SEXES.

### AVANT-PROPOS.

Cette partie de la Réglementation consiste, pour le médecin, à déterminer :

1° Les conditions particulières au cas qu'il examine, et qui comportent, d'après lui, l'exemption ou la remise de la grossesse ;

2° La durée du temps pendant lequel la femme devra en être préservée.

(1) Quant à la préservation elle-même, c'est l'application des moyens tirés des lois naturelles et des

---

(1) On devra s'aider, à cet égard, du Livre *L'Avenir du Mariage*, ou *L'Usage et l'Abus*. On y a tracé, d'une manière à la fois dogmatique et pratique, un cadre des contre-indications radicales et temporaires de la grossesse,

Quand à la détermination du temps pendant lequel la méthode devra être appliquée, elle ne peut être indiquée ici d'une manière générale. C'est le conseil de la femme qui doit le déterminer. Ce qu'il est utile de dire ici, c'est que l'effet utile de la préservation cesse

procédés particuliers jugés capables d'atteindre ce but d'une manière rationnelle.

Elle consiste dans l'adaptation, par une des personnes de l'art médical, ou sur son avis, à chaque cas particulier, de la méthode qui va être détaillée plus bas.

---

aussitôt qu'on cesse ou qu'on néglige l'emploi de la méthode. Une seule négligence peut être suivie d'un mécompte.

On lira avec fruit, à cet égard, le Chapitre neuvième : **La part de la nature.**

Qu'adviendrait-il si la nature était livrée à elle-même ?

(L'Avenir du Mariage. pag. 68).

---

Une proposition, qui au premier abord paraîtra peut-être surprenante :

« Pour éviter la grossesse dans les cas nécessaires, pour favoriser et obtenir la conception dans les cas difficiles, mais opportuns, les moyens sont identiques ; la méthode est la même.

« A nos débuts, nous avons été, nous même, un peu surpris, en apprenant que le noir charbon, que le brillant diamant étaient identiquement formés des mêmes éléments chimiques ; que toute la différence, dans des états qui paraissent, et sont, en effet, si dissemblables, consistait seulement dans l'arrangement moléculaire particulier à ces deux corps.

« Nous avons fini par apprendre, qu'en chimie et en médecine, ces contrastes étaient loin d'être rares.

« Tous les médecins n'ont-ils pas, à leur disposition, les mêmes moyens, le même arsenal pharmaceutique ? les mêmes intermédiaires, les mêmes instruments ? N'ont-ils pas à traiter les mêmes maladies, et quelquefois séparément les mêmes malades ?

« Et, cependant !... quelles différences... dans les résultats obtenus !....

« Cherchez entre la vie et la mort récente ; cherchez entre la conception et la non-conception, entre la fertilité et la stérilité, quelle

## CHAPITRE PREMIER.

### CONSIDÉRATIONS PRÉLIMINAIRES.

Le prélude de l'acte générateur est l'excitation ou désir d'union qui prépare les organes et l'économie humaine toute entière à l'accomplissement de la fonction qui est l'une des plus graves et des plus importantes de la vie.

Ensuite vient la *copulation*, fonction qui conduit à l'animation de l'œuf humain.

Cette fonction, dont l'homme est le maître, est l'acte préparatoire ou préliminaire de la fécondation, dont la conception ou grossesse est le résultat final et définitif.

---

est la différence chimique ou organique ; et la science, qui ne s'étonne de rien, ne sera pas plus étonnée de stationner longtemps en face de ce problème, avant d'en apporter la solution. »

(Extrait de la Deuxième Partie de la *Méthode de la Réglementation de l'union conjugale.* FAVORISER LA CONCEPTION ET LA GROSSESSE, etc.).

*Dans le sein de la femme, un nouvel être vient de se former et de prendre un corps, la matière s'est animée, la vie commence. Devant cette barrière, la liberté de l'homme s'incline. L'œuvre commune ne lui appartient plus, et il lui est défendu, sous peine de mort, de la détruire ou d'en enrayer la croissance.*

Telles sont les considérations importantes que l'homme doit toujours avoir présentes à l'esprit, et qui doivent être sa règle, parce qu'il doit rester honnête.

Mais il est matériellement impossible que chaque rapprochement ait pour résultat la fécondation.

L'acte générateur fut-il poursuivi dans les meilleures conditions, il s'en faut bien que la conception le suive toujours et nécessairement dans tous les cas.

La fécondation présente, au contraire, dans tous les règnes de la nature, de très nombreux déficits, qui dépendent de plusieurs causes qu'il est inutile de rapporter ici. (1)

_____

(1) Ces détails, au contraire, trouvent tout naturellement leur place dans la deuxième partie de la Méthode de la *Réglementation de l'union conjugale*, qui est destinée à favoriser la grossesse. Là ils sont à leur véritable place.

Ces exceptions sont nombreuses. En effet, en se plaçant même dans les meilleures conditions, la grossesse ne saurait avoir lieu, chez la femme adulte, qu'une fois par chaque période de neuf ou dix mois, pour faire à la conception une part énorme et moralement impossible, tandis que le coït peut se répéter et se répète en effet souvent.

Le résultat final est donc incertain et le problème complexe, comme tous ceux qui se rattachent à l'économie animale.

A cet endroit viendrait naturellement se placer la série des moyens mis en œuvre pour éviter la grossesse. (1) Ce travail a été fait ailleurs, dans le but de démontrer les vices des usages ou mieux des abus actuels, et cela, dans le but d'y apporter un remède. Ces procédés défectueux ont tous, sur la santé de l'époux, et surtout de l'épouse, le

---

(1) Ces faits ont été traités *in extenso* dans le livre intitulé : *L'Avenir du Mariage*, aux Chapitres 2, 3, 4, 5, 6, 7. 10 et 12, où ils n'occupent pas moins de 105 pages.

On nous accusera peut-être de faire à ce livre de trop nombreux emprunts. En effet, il est nécessaire de le connaître en entier. C'est notre conviction, nous ne saurions nous défendre de l'exprimer.

La Méthode et le Livre se complètent l'un par l'autre.

plus grand et le plus malheureux retentissement.
Ils ont tous pour base le mauvais emploi de la semence. Nous renvoyons à l'ouvrage lui-même pour
les détails.

Il serait impossible d'entrer ici dans d'aussi
grands développements, qui auraient l'inconvénient
de donner à cette brochure une extension dispro-
portionnée aux sujets à traiter.

Nous dirons seulement ici, *que la perte ou le
sacrifice de la liqueur séminale qui a si souvent
lieu, est un très grand mal à tous les points de
vue. Que cette liqueur joue un rôle très impor-
tant dans l'acte copulateur, comme calmant et
lubréfiant des parties internes de la femme
après le coït. Que la nature n'a rien fait d'inutile, que cette liqueur est destinée à calmer l'or-
gasme de l'acte marital, par sa présence dans
le vagin, et que les manœuvres qui ont pour
effet de priver de son contact cette membrane
muqueuse, engendrent les maladies les plus graves, lorsqu'elles sont répétées un certain nombre de fois.*

# CHAPITRE DEUXIÈME.

## RÉGLEMENTATION DE L'UNION CONJUGALE.

### NOTIONS GÉNÉRALES RÉGLEMENTAIRES.

**Conditions hygiéniques dans lesquelles il convient de se placer pour éviter la grossesse.**

## DES INFLUENCES. (1)

Maintenant, nous allons faire connaître les conditions qui ont une action certaine sur le résultat du coït, au point de vue de la fécondation de l'œuf humain, afin d'arriver à la réglementation de l'union conjugale.

L'acte de la copulation, qui est la propriété de l'homme, est destiné à faire sortir de ses réservoirs naturels la matière séminale qui y est en réserve, afin de la soumettre au contact des organes féminins, dans le but principal de l'animation de l'ovule.

_____

(1) Voir aux Objets de pratique, pag. 28.

Cet acte s'exerce et se produit dans les circonstances les plus diverses de santé, de manière d'être ou d'agir, qui ont une grande influence sur le résultat final, c'est-à-dire : la fécondation, la non-fécondation, la formation du sexe embryonnaire, et le retentissement sur l'organisme tout entier. (1)

Pour rester dans notre cadre, nous n'envisagerons, encore qu'un seul côté de la question, celui de l'exception, c'est-à-dire *la préservation de la Grossesse*, dans les cas nécessaires, réservant pour la suite de ce travail (IIᵉ Partie) l'objet dont le but est bien plus difficile à atteindre : *les moyens de favoriser la conception, etc.*

Pour être normal, l'exercice de la fonction génératrice doit être en parfait rapport, c'est-à-dire en proportion convenable des forces vitales des époux, et de la libre expansion de celles-ci.

### Influence nº 1.

#### DE LA SANTÉ DES ÉPOUX, OU DE L'UN D'EUX.

Pour atteindre à un résultat négatif, c'est-à-dire à la *non-fécondation*, il est nécessaire que l'un des deux époux, *au moins*, soit en santé au mo-

---

(1) Les objets réservés se traitent en consultation ou par correspondance. (Voir pag. 32).

ment de l'acte. Et comme le rôle générateur de la
femme est plus considérable que celui de l'homme,
il s'ensuit que c'est *la femme* qui devra être la
mieux portante *au moment même de l'acte.* Du
reste, elle en supporterait bien mieux que lui la
fatigue, si l'on ne disséminait pas, comme on le
fait si souvent, la matière prolifique. (1)

La femme est d'autant plus apte à concevoir que
sa personne est plus atteinte par un état qui cause
à son économie un ébranlement quelconque, ne
fût-il que momentané. A plus forte raison le se-
rait-elle, si elle était atteinte d'un vice constitu-
tionnel.

### Influence n° 2.

#### DES MALADIES DES ORGANES DES DEUX SEXES, OU DE L'UN DES DEUX.

Dans les maladies des organes des deux sexes,
les époux sont, non-seulement très aptes à la fé-

---

(1) Cette proposition pourra paraître contradictoire aux idées
qui ont généralement cours. Nous n'avons jamais songé à les réfu-
ter. Nous exposons simplement notre manière de voir, basée sur
notre expérience.

La science n'est que l'enregistrement et la discussion des faits qui
se produisent. Nous nous sommes toujours tenu du côté pratique de
l'art; et nous avons l'intention de nous en tenir là, afin d'éviter le
temps perdu en discussions stériles.

condation et à la reproduction, mais encore ils y
sont très portés.

Il résulte de ces faits cette proposition :

*Pour éviter la grossesse, la première condi-*
*tion des époux qui jugent à propos de se livrer*
*au coït, alors qu'il vaudrait mieux peut-être,*
*au point de vue hygiénique, s'en abstenir, c'est*
*au moins de se trouver dans un état de santé*
*satisfaisant.*

La femme, notamment, ne doit être ni souf-
frante, ni indisposée, quelque peu que ce soit, ni
affaiblie, ni convalescente, au moment même de
l'acte générateur.

### Influence n° 3.

#### DE LA CONVALESCENCE DES MALADIES AIGUES.

Il est nécessaire que l'épouse adulte soit pré-
munie contre les rapports sexuels *pendant la*
*convalescence des maladies aiguës.* C'est alors
que le réveil des sens et des organes génitaux,
excités par un renouveau de sève et de sensibilité,
l'exposerait à la grossesse d'une manière presque
infaillible, mais inopportune.

Les époux doivent également éviter de se livrer
après les excitations suivantes, consignées n° 4 :

### Influence n° 4.

#### DE LA FATIGUE EXTRÊME, DES EXCITATIONS QUELCONQUES.

La fatigue extrême, de quelque nature qu'elle
soit; les excitations notables, provenant de libations, orgies, repas copieux, bals, spectacles ou
conversations incendiaires.

### Influence n° 5.

#### DE L'ÉBRANLEMENT MORAL OU PHYSIQUE.

Le calme et le secret doivent être, en ces circonstances, les compagnons obligés de l'acte générateur.

Les époux qui se livreraient sans précautions,
et en dehors des conditions indiquées, ajoute-
raient certainement, à la probabilité de conception, une chance de plus.

### Influence n° 6.

#### DE L'AGE DES SUJETS.

L'homme adulte est le plus apte à la copulation
féconde, à cause de la bonne qualité de sa semence.
L'âge adulte est celui qui supporte le mieux la fatigue de l'acte. La femme très jeune est la plus
apte à la fécondation; sa première grossesse est

la plus difficile à éviter. Mais dans le très jeune
âge, la constitution n'est pas formée, la menstruation n'est pas établie, et la conception y est très
difficile. Dans l'âge critique, les mêmes empêche-
ments existent.

De ces faits, on déduira facilement les consé-
quences.

## Influence n° 7.

### DE LA FRÉQUENCE DE L'ACTE GÉNÉRATEUR.

La fréquence de l'acte générateur modifie essen-
tiellement la qualité de la matière prolifique. Lors-
que l'exercice sexuel est trop fréquent, la matière
qui en provient n'a pas le temps d'être suffisamment élaborée, et perd notablement de ses fa-
cultés prolifiques, à cause de l'émaciation du
sujet.

Cette émaciation est causée par l'appel que l'or-
gane sexuel fait à l'estomac, par sympathie, pour
la réparation du dommage et de l'ébranlement que
l'abus numérique de la copulation cause à toute
l'économie animale.

Telle est la réaction que la nature est toujours
prête à opérer pour relever l'équilibre affaissé ;
mais c'est aux dépens de la propre substance du
sujet qu'elle y parvient.

Telles sont les suites de l'exagération dans les services des fonctions sexuelles. Ce n'est plus du sperme que fournit alors la sécrétion des orchis, mais une matière muqueuse, plus ou moins spermatisée et sans consistance.

## Influence nᵒ 8.

### DE L'ÉMACIATION DU L'HOMME.

Il y a lieu de tenir grand compte d'une considération très importante, bien qu'elle puisse encore ressembler à une bizarrerie de la nature : C'est qu'en émaciant l'homme, *on augmente la chance de la reproduction*, parce que la nature ne veut rien perdre de ses droits, et qu'elle augmente ses exigences en raison directe de l'altération de la santé du sujet qui abuse.

Les deux influences qui précèdent semblent donc se contrebalancer ; cependant nous n'hésitons pas à formuler la proposition suivante, consignées nᵒ 9 :

## Influence nᵒ 9.

### DE LA MODÉRATION DANS LES SERVICES GÉNÉRATEURS.

Il y a tout avantage, lorsqu'on veut éviter la grossesse, à ne pas multiplier les rapports sexuels, puisque par la modération on en diminue numériquement et considérablement, *de toutes façons*, les chances ; et qu'en outre, au point de vue hygiénique général, la modération en tout, et surtout dans l'exercice sexuel, ne peut qu'être favorable à la santé.

## Influence nº 10.

### DE LA LACTATION.

La grossesse et l'allaitement sont antipathiques. Ces deux services sont en opposition l'un à l'autre et s'excluent mutuellement.

Il en résulte cette proposition :

*Pendant la lactation, la femme est, moins que jamais, exposée à la grossesse.*

La femme doit nourrir son enfant. Dieu l'a voulu ainsi, et il a tout préparé dans ce but. Elle le nourrira jusqu'à l'avulsion des dents de lait ; bien qu'il n'y ait rien d'absolu, c'est la règle.

Mais prolonger l'allaitement de l'enfant indûment et sans raison, ou lui substituer des nourrissons successifs, dans le but de retarder la grossesse, c'est abuser de la nature, c'est le métier de l'allaitement qu'il ne faut pas confondre avec le métier de nourrice,

D'un autre côté, le retard de la grossesse par l'allaitement est très infidèle ; il comporte de très nombreuses exceptions ; il ne faudrait pas s'y fier, car ce serait commettre une grande imprudence. En effet, ce n'est plus une réglementation, c'est un abus.

---

## CHAPITRE TROISIÈME.

---

### RÉGLEMENTATION PARTICULIÈRE.

---

### DE LA MENSTRUATION.

---

### Influence n° 11.

Deux jours avant l'apparition des règles, et pendant toute leur durée, tous les rapports maritaux doivent être supprimés, sous peine d'insuccès de la méthode de la préservation qui va être exposée plus bas.

## Influence nº 12.

Les relations maritales ne peuvent être reprises que huit jours après que tout écoulement aura cessé entièrement.

---

# EXPOSÉ
# DE LA MÉTHODE DE LA FÉCONDATION.

(POUR MÉMOIRE).

Ce travail présente ici une lacune de quatre pages ; D'abord parce que l'intervention du médecin est nécessaire à tous les points de vue.

Ensuite, parce qu'il est des détails qui sont d'une nature trop délicate pour pouvoir être publiés.

# EXPOSÉ DE LA MÉTHODE

## DE LA

## PRÉSERVATION DE LA GROSSESSE.

### BAUME DE MÉDILE.

L'emploi du Baume de Médile suffit, à lui seul, pour préserver l'épouse de la grossesse, dans les cas jugés nécessaires. (1)

Mais il présente des difficultés ; c'est pourquoi il a besoin d'intermédiaires. La Baumette de Médile a été créée dans ce but.

Elle a été construite de dimension moyenne et pour la généralité des cas.

Au début des rapports maritaux, elle n'a pas besoin d'être modifiée, mais, plus tard, il faut se

---

(1) L'étude et la prise en considération des influences décrites précédemment constitue bien l'ensemble des dispositions et des moyens dont la concordance garantit l'entière sécurité de la famille. Et, la plupart du temps, cet ensemble ne serait pas d'une rigoureuse nécessité ; mais l'auteur a dû formuler d'une manière absolue, rigoureuse, et ne pas s'arrêter à des exceptions ou des demi-certitudes.

En des matières si délicates, si importantes, les demi-mesures ne sont pas de mise.

3

méfier qu'à l'usage elle se rétrécit un peu, qu'il est donc préférable qu'elle soit généralement un peu forte.

Après l'accouchement, les voies de la femme se sont élargies; elles ne reviennent pas toujours à leur état primitif; il est donc nécessaire de surveiller le volume du corps de la Baumette, afin qu'il suive l'ampleur des voies, et pour cela chaque femme sera son meilleur juge.

---

## CHAPITRE QUATRIÈME.

### Mode dispositif.

Avant de faire usage de la Baumette dont il a été question, il est utile de la visiter, et de la nettoyer avec de l'eau, si elle en a besoin, ce qui est rare.

Lorsqu'elle est devenue propre et souple on la comprime fortement pour en faire ressortir l'eau; puis on l'imprègne complètement avec environ quinze grammes, ou la valeur d'une cuillerée à bouche de baume, pour la première fois, et seulement dix grammes pour les autres fois. On la malaxe et l'on s'arrange de manière à ce que tout le tissu en soit imprégné avec un peu d'excès.

Dans cet état, et pour s'en servir, la femme, placée horizontalement, fait pénétrer dans le vagin (les voies intérieures) ce petit corps électrisé, le

plus profondément possible, avec le doigt indica-
teur, avant de procéder au coït.

Il peut y être placé sans inconvénient quelque
temps à l'avance. L'acte marital achève de le faire
parvenir en position nécessaire et convenable.

Ordinairement, la Baumette se retire avec facilité.
Cependant, si l'on craignait quelque difficulté à cet
égard, on y attacherait, avant son introduction,
un très gros fil double et résistant, qui aiderait à
la retirer. (C'est un fil de rappel).

Après l'acte, il faut nétoyer la Baumette. Le net-
toyage s'en opère avec de l'eau tiède et du savon;
s'il ne paraissait pas assez complet après le premier lavage, on en donnerat un second. On rince
à l'eau bien propre. Elle revient parfaitement alors
à l'état primitif, se trouve prête à recommencer
son service et peut durer assez longtemps.

Il est bon d'avoir plusieurs Baumettes afin de
les faire servir et reposer tour à tour.

Tous ces soins sont ceux de l'épouse.

(1) Quant aux soins de toilette, ils restent à peu
près les mêmes que ceux qui existaient auparavant.
Ils ne reçoivent qu'un petit supplément. Ils ne

---

(1) Le Baume entamé doit être tenu au frais, flacon ouvert, ren-
versé et plongé dans un verre à moitié plein d'eau très propre.

sauraient être que plus minutieux et très stricte-
ment observés.

Dans ces conditions, l'épouse n'est pas exposée
à la conception. Les fonctions maritales peuvent
s'accomplir parfaitement, d'une manière normale
et régulière, et les cancers du col de la matrice
sont évités.

### Mise en garde contre la Syphilis.

Pour la préservation de la Syphilis, toutes ces
précautions sont inutiles. Il suffit d'enduire les parties sexuelles suffisamment avec le préservatif, et
de suivre exactement les indications consignées
plus bas, page 30.

Pour se procurer la Méthode de la Réglementation de
l'union conjugale, ainsi que le préservatif de la grossesse,
des cancers du col de l'utérus et de la syphilis, il est nécessaire de présenter au pharmacien la prescription, soit de
l'auteur, soit de toute autre personne de l'art médical.

On peut éviter l'intermédiaire du pharmacien, en a-
dressant directement la prescription à l'Auteur, qui fait
préparer, par un pharmacien spécial et sous sa surveillance, tous les produits et appareils, de manière à s'assurer de leur validité.

Dans ce cas, le tout est envoyé à la station indiquée.

*Domaine des Bouriettes, à Fraissé-Cabardès,*
*par Cuxac-Cabardès (Aude).*

Cette notice ne doit donc être considérée que comme un aide-mémoire, que nous compléterons à son heure, et après avoir acquis la certitude de l'opportunité de la mesure.

Les quatre pages qui manquent ici seront rendues aux personnes munies d'une prescription médicale.

———

*La récapitulation des Influences constitue la deuxième Partie du formulaire de la Méthode,*

Savoir :

   I. Influence de la santé des époux, ou de l'un d'eux.

  II.   —   des maladies des deux sexes ou de l'un des deux.

 III.   —   de la convalescence des maladies aiguës.

 IV.   —   de la fatigue extrême — des excitations quelconques.

  V.   —   de l'ébranlement moral ou physique.

 VI.   —   de l'âge des sujets.

 VII.   —   de la fréquence de l'acte générateur.

VIII.   —   de l'émaciation de l'homme.

 IX.   —   de la modération dans les services générateurs.

  X.   —   de la lactation.

 XI.   —   de la menstruation.

 XII.   —   relative à la reprise des rapports maritaux.

La première partie du formulaire de la méthode est constituée par le mode dispositif de la préservation. Il suffit, à lui seul, pour préserver l'épouse de la grossesse.

L'étude et la prise en considération des influences précédentes constitue bien l'ensemble des dispositions et des moyens dont la concordance garantit l'entière sécurité de la famille ; et, la plupart du temps, cet ensemble ne serait pas d'une rigoureuse nécessité. Mais l'auteur a dû formuler d'une manière absolue, rigoureuse, et ne pas s'arrêter à des exceptions ou des demi-certitudes.

En des matières si délicates, si importantes, les demi-mesures ne sont pas de mise.

------------

## CHAPITRE CINQUIÈME.

------------

### RÉFLEXIONS ET CONSEILS GÉNÉRAUX.

Nous n'ignorons pas qu'avec les procédés anciens, beaucoup de personnes se passent actuellement du médecin ; cependant, toutes les conditions de remise ou d'exemption de la grossesse ne peuvent être simplement jugées par la famille, car elles rentrent dans les cas de la médecine la plus épineuse.

Il est vrai que, jusqu'ici, l'acte de la génération a été livré à l'abitraire le plus fâcheux, à l'abandon le plus complet, aux pratiques les plus vicieuses, aux écarts les plus scandaleux et les plus regrettables.

Aussi est-ce à cette incurie que nous devons, en partie, le misérable état de santé de nos auteurs et la dégradation des charpentes humaines.

Nous engageons donc le lecteur et les personnes qui veulent se servir de la Méthode, à se pénétrer de cette vérité :

« Le conseil du médecin doit *toujours précé-*
« *der* toute détermination, ne dût-il être que mo-
« ralisateur. »

(Du reste, les mesures de l'auteur sont prises en conséquence).

La personne qui consulte a pour but d'éviter la grossesse.

Celle qui ne consulte pas a pour but de l'éluder.

Celles qui étudient ont pour but de s'instruire. (Ce sont les gens de l'art).

Les personnes qui n'ont besoin que de quelques rectifications dans leurs relations maritales, trouveront dans notre Livre (*L'Avenir du Mariage*),

des instructions très suffisantes  Elles s'y inspire-
ront d'une terreur salutaire qui aura , pour résultat *certain* , l'amélioration de la santé des époux
par l'engrénement des meilleurs rapports entre eux.

---

## CHAPITRE SIXIÈME.

---

### LES DANGERS DE LA SYPHILIS.

---

### EXPOSITION.

« A côté des grands plaisirs sont les grands
dangers. »

Et l'acte vénérien est assez souvent suivi de la
maladie syphilitique.

Par une heureuse coïncidence , que la pratique

de l'art appréciera certainement, le préservatif de la grossesse préserve aussi du cancer du col, et peut être employé avec avantage pour la préservation de la Syphilis. (1)

Nous n'avons pas la prétention d'affirmer qu'il en garantit toujours absolument et dans tous les cas; mais qu'il en garantit souvent. Les méthodes de la préservation de la grossesse, du cancer et de la syphilis se prêtent donc un mutuel appui.

Si nos procédés de préservation de la syphilis ne sont pas parfaits, c'est-à-dire infaillibles, il est juste de dire que, jusqu'ici, aucun n'existe qui ait ce caractère de perfection.

Nous avons cru devoir tout sacrifier à la certitude de la non-conception dans ce cas, et regarder la syphilis accessoirement entre époux. (2)

---

(1) Cette double faculté est le seul point de contact que la méthode de la réglementation ait avec le procédé Condom, qui sert à la fois à *eluder* la grossesse et à préserver de la Syphilis d'une *manière imparfaite* ; avec cette différence que les Condoms sont *infidèles*, et toujours suivis du cortége des maladies occasionnées par la perte de la semence et la privation du calme qu'elle apporte aux organes féminins. (Vice capital).

(2) Cette manière d'envisager les choses nous a paru morale.

# CHAPITRE SEPTIÈME.

### PRÉCAUTIONS CONTRE LA SYPHILIS.

Pour éloigner la syphilis, il faut éviter de se livrer à l'acte générateur après les libations et les repas copieux. Avant d'y procéder, il faut :

1° Employer le même préservatif que celui de la grossesse , et de la manière qui sera indiquée par le médecin consultant ;

2° Ne pas trop prolonger le coït avec les personnes suspectes ;

3° Uriner aussitôt après l'acte. (1) On y est, du reste, naturellement porté.

4° Puis , alors , opérer de suite un lavage éner-

---

(1) L'injection , dans l'estomac , d'un liquide froid , et simultanément la sensation d'un jet d'eau fraîche sur les mains, favorise ou provoque la mixtion. (Action d'uriner).

gique à l'eau de savon., afin de rendre aux organes leur état de propreté naturelle.

Quant aux maladies situées profondément dans
les organes féminins, telles que les cancers, on
les évitera *sûrement*, en se servant de la méthode
de la préservation de la grossesse, détaillée pages
de 21 à 24.

La contagion vénérienne est d'une prophylaxie
extrêmement difficile à atteindre, puisque un simple attouchement, un simple baiser peuvent suf-
fire à la communication du virus. Le simple contact d'une muqueuse ou d'une partie dénudée
contre des surfaces contaminées, ou qui ont eu
avec elles un rapport, même de peu de durée,
suffit pour la communiquer. La maladie ne se dé-
clare pas toujours à l'endroit qui a servi à son
introduction. Souvent, au contraire, elle se trans-
porte par la voie de la circulation et de l'absorp-
tion dans un lieu d'élection très éloigné, et la
forme qu'elle y affecte peut être très différente
de celle qui lui a donné naissance.
Combien de ménages, combien de consciences
ont été troublées par ce trompeur !

# LES OBJETS DE PRATIQUE.

1° L'influence de la situation et de la position du corps sur la conception, la grossesse et l'accouchement; sur le repos, la santé et la maladie.

2° Les appareils relatifs à l'isolement des surfaces, destinés à abréger de moitié la durée du traitement des maladies des deux sexes.

3° Les détails sur le bain local de semence, ou la mise en lumière des services du liquide spermatique, et la rectification des rapports conjugaux.

4° Le rôle de l'électricité dans les services sexuels.

Tous ces objets sont d'une grande valeur. Cependant, malgré leur importance, ils ne peuvent être publiés à cause des développements qu'ils nécessitent, et des détails minutieux dans lesquels le praticien est obligé d'entrer.

Les appareils d'isolement dans les maladies des muqueuses nécessitent même des démonstrations.

Il nous est également impossible de prévoir, et conséquemment de décrire ici, tous les cas exceptionnels qui peuvent se présenter à l'observation. Aussi nous sommes-nous tenu dans les généralités.

Ces cas sont réservés à la consultation ou à la correspondance particulière.

Faute de temps, nous en laisserons le moins possible.

---

Pour se procurer la *Méthode de la Réglementation de l'union conjugale*, ainsi que les objets pratiques de favorisation ou de préservation de la grossesse des cancers du col de l'utérus et de la syphilis, il est nécessaire de présenter au pharmacien la prescription médicale, soit de l'auteur, soit de toute autre personne de l'art médical.

On peut éviter l'intermédiaire du pharmacien, en envoyant cette prescription directement à l'auteur, qui fait préparer, par un pharmacien spécial, et sous sa surveillance, les appareils et les produits, de manière à s'assurer de leur validité.

Dans ce cas, et pour la facilité des malades, le tout est envoyé à la station indiquée.

*Domaine des Bouriettes, à Fraissé-Cabardés (par Cuxac-Cabardés, Aude).*

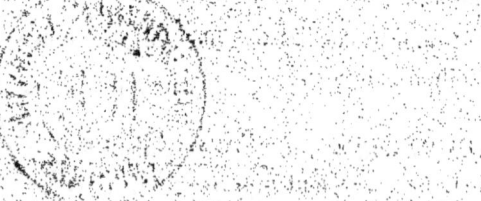

# TABLE DES MATIÈRES

|                                                                        | Pages. |
| --- | --- |
| Exposition.................................. | 3. |
| Réglementation dans l'union des sexes. - Avant-propos. | 5. |
| CHAP. 1er. Considérations préliminaires........... | 7. |
| CHAP. 2me. Notions générales réglementaires. — Des Influences......................... | 11. |
| CHAP. 3me. Réglementation particulière........... | 19. |
| Exposé de la méthode de la préservation. ......... | 21. |
| CHAP. 4me. Mode dispositif de la préservation....... | 22. |
| Récapitulation des influences.................... | 25. |
| CHAP. 5e. Réflexions et Conseils généraux.......... | 26. |
| CHAP. 6me. Le danger de la Syphilis.. ......... | 28. |
| CHAP. 7me Précautions contre la Syphilis......... | 30. |
| Les objets de pratique............. | 32. |
| Table des matières.............. | 35. |

Carcassonne, Imprimerie Fr. Pomiès.